KB092025

말의 향기

발간사

시냇물처럼 맑고 잔잔하게

2월은 아직 절기상 겨울이지만 봄의 기운이 소리 없이 느껴지기도 한다. 실개울에 얼음이 녹아 졸졸졸 맑은 물 흐르는 소리가 청아하게 귓전에 와 닿고, 풀린 땅 양지쪽에 빼꼼히 얼굴을 내민 파릇한 새순. 혹독한 겨울을 이겨낸 자연의 변함없는 순리와 굴레에 경외감을 느끼는 새봄의 모습이다.

변함없이 돌아가는 세상의 이치理致가 그러하듯 문인들도 의연히 자신의 자리에서 진득하게 창작이라는 산고産苦로 단련되고, 그 단련을 통해 필력을 키워 수준 높은 창작품을 세상에 내놓아야 한다. 시인은 시로서 말하고, 시로서 자신의 세계관을 표출해야 하기 때문이다. 시인은 냉철한 지성과 예민한 통찰력으로 그 시대를 꿰뚫는 인문학적 결과물을 작품으로 내놓아야 비로소 자신의 이름 뒤에 시인이란 글자를 넣어도 부끄러움이 없을 것이다.

우리 시와글벗문학회 동인들은, 현란한 언어놀음이나 나태한 말장난을 통해 독자들을 혼란에 빠지지 않게 하려고 부단히 노력하는 문학단체이다. 그러한 노력의 대가로 이 새봄, 시와글벗문학회 동인지 제3집을 내놓게 되었으니 기쁨이 아닐 수 없다. 동인집에 상재된 작품들이 많은 독자의 사랑을 받고 작가들의 선험적先驗的 감각과 서정抒情이 각박한 세상의 한 줄기 빛이 되었으면 하는 바람을 가져본다.

아울러 이 자리를 통해, 수준 높은 동인지를 엮기 위해 노력하신 출판사 관계자 여러분들의 노고와 옥고를 준비하느라 창작의 열의를 아끼지 않은 동인 여러분께 심심한 감사를 표한다.

2017년 2월 중순

시와글벗문학회 동인회장 선중관 시인

C O N T E N T S

김국래

· 아호 : 도담道談
· 《문학사랑》, 《서정문학》 신인작품상수상 시 등단
· 시와글벗문학회 사무국장, 문학사랑 회원
· 저서로 시와글벗문학회 동인지 제1집 『그대라는 이름하나』, 제2집 『문장 한 줄이 밤새 사랑을 한다』, 제3집 『말의 향기』 공저가 있음

열무단

허리를 꼭 쥔 열무단
시퍼렇게 멍이 들었다

인생의 논이랑과 밭고랑을
수없이 기어 넘던 쪽진 어머니

젖은 바람 어깨에 메어
초승달처럼 휘어진 허리
고단한 비명소리에
옹이진 검버섯이 내려앉았는지

동여맨
몸빼바지 고무줄 자국
허릿단이 서럽도록 푸르다

고로쇠 나무

- 호산구증가증

풍상 맞아
허리 굽은 고로쇠나무에
주삿바늘이 꽂혀있다

숨 가쁨 호흡과
희미한 맥박으로 뒤안길을 거스르는
노박덩굴처럼 메마른 육신이
그리움을 토혈하고 있다

소망은 발을 동동 구르는데
진공의 울림막대를 머금고
거꾸로 매달린 80L 고로쇠병은
시간이 멈춘 듯 말이 없다

한 방울, 한 방울
수액이 떨어질 때마다
가슴에 대못 하나 더 박힌다

분리수거

저녁을 먹고
뉴스를 보며 쓴웃음을 몇 번 날리다
쓰레기를 버리러 간다

삼키지 못한
음식물의 역겨운 냄새와
곱게 포장되어 낯익던 해묵은 살림이
허기진 풍랑 되어 나뒹굴고 있다

위로만 오르다 패인 구덩이처럼
인연의 낡은 핏줄 속에
버려야 할 것과 담아야 할 하루가
혈관을 막고 있다

곪아 터진 생채기에
진물이 흐른다, 뜨겁게 끈적이는
삶을 분리수거 중이다

차붓집

미서기문이 홈틀 따라
해수기침을 하며 열린다

세월의 빗물에 젖어
누렇게 바랜 버스 운행 시간표가
액자 속에 갇혀 있다

슬레이트 차양 아래 어둠이 걸리고
꼬깃꼬깃 접어놓은 차표는
먼지 나는 신작로를 따라갔다

텅 빈 막차는 차부로 향하는데
갈 길 잃은 마음을 아는지
하늘은
하염없이 눈만 내려준다

산자고

처음 만난
그 향기 그 꽃자리

수줍음은
청초함을 넘지 못하고
가녀림은
뿌리를 탓하지 않아

우아한 미소의
산골 봄 처녀
똑
내 작은 딸년을 닮았다

얼레지

단아하게 머리 빗어 올린
규방 아씨

애끓는 아지랑이 훈풍에
보랏빛 쓰개치마 곱게 쓰고
꽃 멀미나는 화花려한 나들이

춘심春心 들어
저고리 옷고름 풀어헤치니
오가도 못하는
마당쇠 가슴
허옇게 멍이 들겠다

안방마님과 문간방 마당쇠

막 이불 속에 든 아내를
뒤에서 살며시 안아 본다

가슴인지 배인지
등인지 허리인지 구분할 수 없고,
상큼한 오이 같던 아내에게서
이제 씩씩 소리가 난다

몸매를 잊고 지낸 우화羽化의 세월
천둥소리에 와르륵 무너질 것 같아
살며시 방을 나오며
등은 보이지 않기로 했다

문간방 틈새로 어젯밤의 향기와
꼭 닮은 된장찌개가 걸어왔다

아내는
밤마다 속을 그리도 삭혔나보다

만장輓章

바람이 일어서는 날
댓이파리 가슴을 가로질러 간다

먹 향기 곱게 갈아
청백홍 명주 위에 흔적을 뿌려놓고
한발 앞서간
나의 뒷모습을 바라본다

남루한 가식의 옷과
지천에 티끌만 피워 올린
닳은 신발 몇 켤레뿐

관솔 같은 삶에 불을 지피자
붉고 기름진 허울들이
타닥타닥 허공을 뒤덮고 있다

김미라

·서울 출생, 충주 거주
·《현대시선》 신인문학상수상 시부문 등단, 《서정문학》 동시부문 신인 문학상 수상
·시와글벗문학회 동인. 문향 전국여성문학공모전 입상, 시와글벗문학회 시짓기콘테스트 우수작 선정
·저서로 시와글벗문학회 동인지 제3집 『말의 향기』 공저가 있음

양말

문을 등지고
양말을 깁는다

발톱이 길었나
엄지만 해진 양말 한 켤레

그 옛날
엄니의 뒷모습 같을
보지 않아도 훤한 내 모습

문을 등지고
추억을 깁는다

잠시 보니
세월이 허리까지 왔다

노을 속을 걷노라면

누가 들인 봉숭아 꽃물일까
새털구름 하늘이
담뿍 붉다

요염하게 가로누운 산 위로
홍시 한 알 떨어져서는
주홍이 질펀

내 창문
네 눈빛
저기 저 가로등은
저녁을 마중 나온 지상의 별

노을 속을 걷노라면

탐스럽게 농익은 시간 속
붉어진 네 입술

괜스레
부끄러운 내 볼

자전거를 타고

오월을 굴려
시골길을 달린다

골목마다
시끄러운 초록이
우르르 몰려있다

뒤에 태운 봄바람은
도중에 내려주고
찔레 작약 들꽃 손님
동네 구경시켜주니
향 한 모금 차비라며 놓고 떠난다

마실 간 유월이
때맞춰 오기 전에
남은 오월 속을 달린다

모퉁이마다
지나온 계절이 숨어 있다

뽕나무

9시 45분 발發 밤기차를 타고
도시로 간 누에는
돌아오지 않았다.

제 몸 갉아 먹히는 것 뻔히 알면서
기꺼이 잎을 내주던
모정

그리움에 가슴을 치다
끝내 하얗게 미쳐
흰 실타래 온몸에 늘어트리는
병이 들었다

붉던 심장마저
까맣게 태워
사리 같은 열매로 달아놓고

매일 한 움큼씩
열반涅槃에 드는

외로운

소신공양燒身供養

눈물이 짠 이유

아버지 옷은
늘 소금투성이였다
고단한 하루가
짭짤하게 간이 배면
어머니는
물기 어린 눈으로
짠 내 나는 아버지를
빨아 말리셨다

허름한 저녁
팍팍한 세상을 메고
당신이 들어오면
대물림된 것처럼
당신에게서도
짠 내가 난다

양념으로도 못 쓸
짭짤함을 달고
아버지로 가장으로

소금기둥이 되어가는

당신을 보면

짜다 못해 입이 쓰다

눈물이 짠 이유를

이제야 알겠다

달과 육펜스

당신을 생각하는 내 마음은
저 달과 같아서

어떤 날은 터져버릴 것 같이 부풀었다가
어떤 날은 사라질 것 같이 위태로웠지요

사랑은 늘 그득해야 한다고 종교처럼 여겼던 그때에는
사그라지는 당신의 관심이 서럽고 목이 메었습니다

눈물 한 방울을 달고 야윈 달을 본 어느 날
사랑도 저 달과 같아서
기울고 나서야 차오른다는 것을 알았습니다

이별은
사랑이 기울어져서가 아니라
다시 차오를 때까지 기다리지 않았기 때문일 겁니다

사랑이야말로
저 달처럼 다시 차오르길 기다려야 하는

시간의 섭리임을

당신을 떠나보내고 난 후에야
비로소 깨달았습니다

앵두 한 알의 여자

동네 어귀 홍 씨네 집에
탐스러운 앵두가 달렸다

네 이웃의 것을 탐해 달라
계명조차 거스른 부탁에
석기시대 가장처럼 돌도끼를 들어
종족도 잇지 못할 내게 바친다

아직 여자이긴 한 건지
자다 일어나 치마를 뒤집어 보고
울다 웃다가, 춥다 덥다가
서리 내린 세월 홀로 견디는 줄 알았는데

손이 붉도록
앵두 알을 따준다
따다 준 앵두 한 알에
다시 여자가 되고
멈췄던 붉은 강이 흐른다

흐르는 강줄기를 타고
나는 연민까지 낳을 수 있는
어미가 된다

알밤 특공대

낙하산 없이도
잘도 뛰어내린다

함께 자란 친구를
구하러 데굴데굴

앞구르기 한 번
뒤구르기 또 한 번

가시 철모 쓰고
흙으로 칠한 얼굴

나는야
자랑스러운 알밤 특공대

김선순

- 《현대시선》 신인문학상수상 시부문 등단
- 시와글벗문학회 동인, 현대시선 인천지회 본부장, 전 광역신문 섭외매니저
- 저서로 시공작소 동인집과 시와글벗문학회 동인지 제1집 『그대라는 이름 하나』, 제2집 『문장 한 줄이 밤새 사랑을 한다』, 제3집 『말의 향기』 공저가 있음

나리 아씨

좌르락
내리깐 속눈썹에
붉어진 홍안
흐트러진 루즈 자국

가날픈 목덜미
외로 꼬아 길게 빼고
시침 뚝 딴 나리 아씨

깨밭에서 뒹군 걸까
얼굴이 온통
깨 범벅 깨순이네

꽃단장한
녹색치마, 다홍블라우스
헝클어진 모습
슬쩍 빗질해 주며
시침 뚝 따는 바람.

꽃이 진다는 것은

꽃이 지는 건
꽃이 피는 저편에 있었습니다
꽃이 피는 건
꽃이 지는 경건을 빛내기 위한
고통으로 존재했습니다

꽃을 피우던 환희는
꽃이 지는 찬란한 슬픔 앞에
소란스러운 침묵으로
추억하나 길어 올리지 못할 폐허로
시드는 일이었습니다

꽃이 진다는 건
전율로 피운 희열을 떨치고
내밀히 피운 인내를 버리고
뜨겁게 피운 사랑을 손 놓는
가엾은 생 하나가 과거 속으로
침몰하는 일이었습니다

꽃이 진다는 것은

사랑 하나

추억 한 장

인연을 하나씩 버리고

배웅하는 이들의 가슴속에

두고두고 매만질 그리움 한 송이

피우는 일이었습니다.

그녀는 꽃이었습니다

골 깊은 주름 사이
생의 바람 길이 나고
꽃 같던 시절이 아지랑이로 아물거려도
봉긋한 생명의 미소 짓고
만개한 꽃들에 "오매 이뻥거~!!"
감탄사 연발하는

그녀는 꽃이었습니다

품었던 분신 독립시켜
푹 꺼져 헐렁해진 가슴은
빈 자루 같은 그녀지만
닳아진 손끝으로 전해오는
여린 꽃잎의 아득한 분粉 내에
눈시울 붉어지는

그녀는 꽃이었습니다.

상흔

칼끝 스친 생채기에서
싱싱한 피 꽃이 핀다
빨간 루비 알처럼
한때의 열꽃처럼

입술을 댄 피 꽃에서 번지는
비릿한 향기는
온몸 구석구석 피돌기로 돌아
잠재운 상처를 깨우고
뻐근했던 기억을 상기시킨다

몇 번이나 짓물러 딱지가 지고
몇 번의 계절이 지나
반들 해진 상흔 속에서도 숨 쉬는
뿌리 깊은 상처

해 묵은 상흔 속
다시 피는 통증의 꽃.

말의 향기

말에서도 향기가 난다
손끝만 스쳐도 뚝뚝 묻어나는 허브향처럼
형체도 없는 이것이
어떤 냄새보다 더 구리게
어떤 향기보다 더 향기롭게

시퍼런 날도 없는 이것이
지워지지 않을 상처를 남기고
푸르게 강줄기로 흘러들어
넓은 대양을 매울 뿐 아니라
한 생을 송두리째 몰아가는
채찍이 되기도 한다

우린 얼마나 향기로운 꽃을 피우는가
우린 얼마나 악취 풍기는 궁창을 만드는가
당신의 이것은 향기인가 악취인가

생을 피우는 단비가 되도록
세 치 혀끝에 향기를 바르자.

비움에 대해

가끔은
비우며 살아 볼 일이다
뜨겁게 하루를 산 태양도
하루에 한 번씩 수평선에 몸을 부리고
휘영청 차오른 달빛도
한 달에 한 번 저문 강에 하혈하며
한 철 푸르던 계절도
뜨겁게 타올라 옷을 벗지 않던가
어찌 여백 없는 풍경이
청아하게 귀를 씻길 수 있겠으며
어찌 여백 없는 강팍한 마음에
감동을 전할 수 있을까
비워낸 자리 떨림 가득
충만한 기쁨을 담아 볼 일이다
한 번쯤 텅텅 비워내고
진정 가볍게 살아 볼 일이다.

해바라기

퍼붓는 햇살
고스란히 받아낸 순한 얼굴

가끔은 바람이 토닥여 지나고
구름이 제 그림자 내어 주지만
한 철 내내 그대만을 맴도는
그대 바라기

노란 그리움 범벅해도
품지 못한 그 사랑에
심장을 까맣게 햇살 바르는
순애보

끝내 버거워
제 살점 뜯어지지만
그 미련의 내력 어쩌지 못해
년 년이 태양을 숭배하는
이교도.

인연

헤아릴 수 없는 뭇별 중
단 한 사람
그댈 향해 주파수를 띄웁니다

촘촘하고도 질긴 끌림은
그 광廣과 고高를 모를 우주에
징검다리 하나 놓고
악수로 청한 엷은 파문은
둘만의 별자리를 만들지요

한 점도 될 수 없는 만남이지만
그 크기는
우주를 덮고도 남습니다

그댄 이미
나의 우주니까요.

김은순

·《대한문학세계》 신인문학상수상 시부문 등단
·시와글벗문학회 동인, (사)창작문학예술인협의회 정회원, 청일문학사 정회원
·저서로 시와글벗문학회 동인집 제1집 『그대라는 이름 하나』, 제3집 『말의 향기』 및 문학愛 동인집 공저

지천명 언덕에 홀로 서니

몸뚱어리 하나 믿고 가기엔
세상 턱없이 부족하다

꽃물 같은 젖가슴
두 어린 자식 키우고 나니
마른 가슴 바람에 몸살을 앓고

세상과 나
저울질로 걸음은 더디고
캄캄한 밤 별을 헤던 애타는 가슴
밤이슬에 소리 없이 젖는다

정 하나

던진 최루탄 가스
화염병도 없는 길
눈물은 걷어내지 못하고
회색빛 도시는
사람의 몫으로 남겨진 중년의 오후

너를 잃고 가는 가슴에는
비릿한 피 냄새 함께하고
마주할 수 없는 계절 문턱만 높다

꽃상여도 없고
뼈도 추릴 수 없는 길
이내 마음 강물로 접어든다

꿈이라 했던 길도
인연이라 했던 가지들도
한자리한대 모아
하늘 향해 혼의 불 놓았다

노랑나비, 흰나비 넘나드는 하비연 물턱
나도 너도 없는 여름밤은 말없이 오고
곁에 남은 푸른 강물만 남아서
갈대숲에 바람 불면
못다 한 인연만 내 눈물 받는다

쇠비름

겨울지나 봄이오면
꽃보다 먼저 가슴에 물들여 놓고
너를 놓고 가만가만
나를 보고 싶다

누가 약을 올려도
누가 죽으라고 밟아도
어디서 불끈 일어서는 용기
나도 따라 가보자

꺾어도 꺾이지 않는 열정
하늘에서 배웠을까
땅속에서 배웠을까

세상에 꽃들처럼
절망을 희망으로
가지런히 피어놓고

해마다 고향 집 밭둑에
봄마다 푸르게 지치도록
내 그리움 달고 서럽게 피어난다

눈길

산을 지우고
강을 지우고 어디로 가야 하나
그리움은 산속에 있고
강 속에 있고
마음속에 있다

마음 따라 길은 열리고
끝없이 가는데
사람 사는 마을 꽃 진자리
다시 노랗게 꽃이 핀다

눈 부신 햇살
고개 든 복수초
불러 주는 이 없어도 가는 길

산을 지우고
강을 지워도
눈길 따라 오는 복수초
마음 깊은 곳 보고픈 얼굴 하나
봄이 오면
불쑥 찾아올 아름다운 추억.

낙엽의 고백

세상 겁 없이
물들다가
잘살다 가네

뱃고래만 골지 않았으면
잘 살다 가는 거지
인생 뭐 있어

늙어서 오도 가도 못하는 신세
풍 맞고 쓰러진 시간
하루아침 날벼락 맞고 보니

네 생각만 간절하더라
눈에 넣어도
안 아픈 세월
너는 나무고 나는 잎새로
함께하는 동안 행복했어

앞으로

땅에 떨어진 일그러진 영웅들이지만
차가운 바닥 신세 면할 길 없고
고개 들고 대낮은 못 돌아다녀도

세상과 길동무 되는 건
한순간이지.

사랑이 된 인연

처음부터 준비된 사랑으로
너에게 갔는지 몰라

하늘이 콕 찍어놓은 듯
오직 너를 위한 기도
네게로 가는 길

세상에 빛 하나
너를 위해 밝힐 수 있다면
이 순간 죽어 살아도 좋아

어제를 회상하며
소리 없이 피고 지는
사랑의 흔적 따라

평생
말 못할 가슴으로
너를 기다리며 간다 하여도

나 여기 이대로 천천히 돌아보며
내일을 약속이라도 한 듯
운명처럼 사랑하고 싶다.

어제오늘 세월

아침 햇살에 빛나던 것들
잠시 고개를 숙여
사랑하고 다시 사랑할 수 없는 것들 앞에
먹먹해진 가슴을 줄여 평행을 맞춘다

마음먹고 가는 세월 속에
한 사내의 가슴에 부대끼는 일렁이는 바람과
여자의 가슴너머에선 사막 같은 길을 스스로 걷고 있다

사랑도 이별이 오면
저문 강에 나가
대신 눈물을 씻고
가슴에 못이 되는 일 뿐이리

오늘도
바다가 대신해주는
눈물 밥을 먹고
매집이 좋은 내일에 세상에 꿈으로 쏜다

눈치코치도 없이 졸졸 냇물처럼 따라가
눈이 오면 산처럼 쌓일 그리움
밤마다 귀가에 울리겠다.

사랑해서 외롭습니다

내 마음이 외로워서가 아니라
사랑해서 외롭습니다

일 년을 하루같이 부드러운 입술로 나를 적셔 놓고
그 입술 마르기 전에 떠나간 사랑이라 더 외롭습니다

밀물 썰물처럼 철 지난 바닷가에서
산산이 부서지는 영혼에 별빛만 쓰다듬고
세월에 부딪힌 마음으로 기울이는 술잔이라 외롭습니다

당신을 만나고부터
나의 삶은 없습니다
말 한마디 고개를 끄덕일 줄 모르고
동백보다 더 붉지 못한 가슴이라 층층이 외롭습니다

꽃피우고 살아가는 일이 곧
당신이었으면 좋겠습니다

박동주

·《문학사랑》 신인문학상수상 시조부문 등단
·시와글벗문학회 동인, 김해 태림학원 운영
·시와글벗문학회 시짓기콘테스트 우수작 선정
·저서로 시와글벗문학회 동인지 제3집 『말의 향기』, 시가 있는 마을회관 동인집 『여름나무』 공저가 있음

너는 봄

뒤꿈치에서 한숨이 먼지만큼 일어나고
건기를 어깨로 한 날들은
그래도 숨이 턱밑에 붙어살고 있는 것이다

어디쯤엔가 철쭉이 산을 오르고
냇가에 개나리가 발을 씻어내던 날들
멈춰야 할 것만 빼고 모두 살아내고 있었다

하나로 온전치 않은 연결고리와
건네고 건네진 숨결의 갈래들
돌고 돌아서라도 기어코 가려는 본질의 땅

턱밑에 숨어 살던 숨의 숨!
두 글자 모으기도 벅차 한 번에 내뱉는
봄!

그 봄에 그 봄을 만나면

생각만으로도 그대 입가엔 봄이 온다

가슴 모퉁이를 걷다가
하얀 민들레를 벗어두고
개나리가 된
그대를 본다, 나는 봄이 된다

조각난 시간을 걷어 올리다보면
비워낸 간격만큼 채워지는
시간이 된
나를 본다, 그대는 봄이 된다

그대 곁에서 봄이 되는 나이기에
나의 곁에서 봄이 되는 그대이길
그래서
기어코 버려두지 않을 우리이길

그 봄에 그 봄을 만나
개나리가 시간을 안고 피어난다

그대가 오면

겨울바람에도
녹여지는 마음 있어
외투 안에선 개나리가 피고
턱밑까지 채워 올린 지퍼는
꽃 피울 담장이 된다

그대 밀려오는 날엔
불 꺼진 등대이어도
받아내는 바다 있어
흰자 밖으로 파도가 밀려나고
동공에 뜬 보름달은
줄어들지 않을 만조가 된다

불어와도, 밀려와도
가끔 찾아오는 그대는
회색 개나리에 마른 파도일 뿐
그때마다
등대가 바다 속으로 걸어간다

사랑보다 우위에 있는 것

살갗이 소리 질러대고
밤꽃 나르던 시간이 접혀질 때
각진 모퉁이는 소름을 돋아 올렸다

오감을 자른 사랑,
그대의 근사한 눈꼬리를 볼 수 없고
기한 지난 우유를 내어줘도
잡은 손의 체온이 느껴지지 않고
불러도 돌아보지 않게 되어도 괜찮다면
사랑은 감각보다 우위에 있는 것이다

어느 날 불쑥
은행나무 아래 첫 키스를 기억하는 빈 의자와
머릿결마저 떨던 그대를 기억할 수 없다면
아! 사랑은 없다

사랑보다 우위에 있는 건
지나간 시간에 너를 있게 하는
기억이다

채석장
- 아내

돌 캐던 사내가
입에서 날 선 정釘을 쏟아내고
망치 소리 나는 걸음으로 사라지면
하루 동안 아내는 채석장이 된다

대꾸 대신 삼킨 자갈만 한 침이
내려갈수록 커지고 단단해져
누름돌로 자라나
배꼽 아래를 받친다

사내 몸에서 나온 모난 돌들이
안방에서 화장실을 거쳐 대문 밖까지 박혀있다
청소기는 장도리가 되어 돌을 뽑고
걸레는 흙손이 되어 바닥을 다진다

오늘도 한 줌 자갈을
입에다, 가슴에다 털어 넣고
개수대 물 빠지는 소리에 맞춰
채석장이 울고 있다

손만두

퇴근길, 만두가 먹고 싶다는 아내
십여 분 떨어진 맛 집까지 가기 귀찮아
편의점에서 양심을 지불하고 산 만두
피가 두껍다

피가 소의 실망감마저 데려올 때
미안함을 주워 입는데
"만두가 오빠 닮았다"며
한마디 툭 던진다

만두는 식어 가는데 면피는 뜨거워지고
갈라진 만두 속만큼 부끄럽다
아내는 맛없고 두꺼운 낯짝을 가진
사내를 먹어가며 살아내고 있었다

손만두 보다 봉지 만두를 택하고
간장 대신 눈물을 찍어
어묵 국물보다 서러움을 마셨을 테다

덩치 큰
만두 하나가 돌아누워 있다

괜찮다, 그대이기에

한 가슴에 몇 사람을 묻는 것도
겨드랑이 사이에 눈물을 끼고 걸을 수 있는 것도
없이는 살 수 없을 것 같던 날을 채우며 사는 것도
그러고도, 밥을 삼킬 수 있는 것도
사람이기에 괜찮다

낡은 벽지가 되어버린 살에 로션을 바르는 것도
다른 이와 잠드는 너를 두고 입술 깨무는 것도
마주치면 고개 돌리고 놀란 가슴 두드리는 것도
그러고도, 밝게 웃을 수 있는 것도
괜찮다 사람이기에

주머니에 뒹구는 먼지를 변명으로 내미는 것도
이해된 듯 사라져버린 그 날도
다시는 듣지 않겠다던 노래를 듣고 있는 지금도
그러고도, 가슴에 이름 적어 보는 것도
괜찮다 그대이기에

꺼내지 않은 우산 대신 비 맞고 가는 것은

잔 하나에 사람 하나 둔 탁자인 것은
내가 지우면 그대도 지울까 봐 겁부터 나는 것은
그러고도, 고개 젓는 것은
괜찮지 않다

그대 없는 나이기에

바늘소리·2

올 때가 되었다는 바람은 차갑고
변명이 파고드는 시간은 어두웠다
다시금 돌아서야 할
그대 같은 나여서

눈물을 뽑아 엮은
실들이 꿰어지고
비 바늘 쏟아지면
길가는
따사롭다

물 실로
깁고 기웠던
흔적들이 마른다

기억은 단음으로 지면에 젖어들고
세상은
홈질되어
하나로 기워진다

소리는 바늘 자국만 남겨두고 울더라

선중관

· 아호 : 향로香爐
· 《문학공간》 신인문학상수상 시 등단, 《창조문학》 수필부문 신인문학상수상
· 시와글벗문학회 동인회장, (사)시인연대 이사, 계간 《말씀과 문학》 운영이사, (사)한국문인협회 회원, 한국크리스천문학가협회 회원
· 저서는 시집 『삶의 덧셈 뺄셈』, 『그리움도 사랑입니다』, 시와글벗문학회 동인지 제1, 2, 3집 외 에세이집과 공동저서 다수 있음
· 2011년 한국 명시선 100인 선정, 2014년 한국을 빛낸 시인 선정

2월엔

2월엔
양지바른 산울가로 나가
소리 없이 다가온
봄소식을 듣고 싶다
햇살에 풀린 흙 한 줌 손에 쥐어
향긋한 흙냄새도 맡아보고
훈풍으로 부는 봄바람을
온몸으로 느껴보고 싶다
나뭇가지마다
봉긋봉긋 솟아오른 몽우리와
눈 맞춰 웃어보고
마른 풀 섶을 들춰
이제 막 빼꼼히 고개를 내민
여린 새싹의 해맑은 얼굴을
시간 가는 줄 모르고
지켜보고 싶다

홰를 치며 울어라 닭아

- 닭의 해에 부쳐

닭아
주님 제자 베드로를 깨웠던 닭아
그 펄럭이는 날갯짓으로
홰를 치며 힘차게 울어라

온 천지가 진동하도록
울대를 쳐들고 소리 높여 울어
이 땅에 잠자는 영혼들
나태하고 게으른 심령을
어서
어서 깨워다오

날이 밝았건만
암흑의 늪에서 깨지 못한
어둠의 자식들을 깨우고

아직도 당파, 계파 싸움에
툭하면 좌우 편을 가르고
이념대립과 지역갈등을 일삼는
저 낡은, 정치인들의 의식을 깨우고

온갖 부정부패를 일삼고
이권과 청탁에 눈이 먼
탐관오리貪官汚吏들의 양심을 깨워다오

나밖에 모르는 이기주의
잘못을 저지르고도
눈 하나 깜짝 않는 파렴치
작은 일에도 욱하고 성내며
사람을 해하는 잔인과 폭력
불의를 보고도 못 본 척 눈감고
약자에게 군림하는 갑질
타협할 줄 모르고
용서할 줄 모르는
독선과 아집의 깊은 수렁의 잠에서
저들을 깨워다오

닭아
홰를 치며 울어라
울어라 닭아

남자의 의식 구조

여자는 남자를 잉태하는 과정을 갖는다
남자는 여자를 잉태하는 과정을 갖지 않는다
여자의 몸을 통해서만 출생이 가능한 남자
어쩜 이 사실은
남자가 끊임없이
여성의 자궁을 그리워하는 이유일 테지
Sex와 잉태와 출산의 생명 고리

남자의 의식 구조 속에 자리한
여성 속으로의 회귀본능
끝없이 끝없이
도달하고 싶은
거룩한 몸부림.

만남

아름다운 만남은 동질성보다 조화이다. 산과 숲이 아름다운 이유는 서로 다른 것이 조화를 이뤄 새로운 공간을 연출해 내기 때문이다. 바위가 있을 곳에 바위가 있고, 물이 흐를 곳에 물이 흐르고, 우거진 나무와 조화를 이뤄 숲을 만드는 것이다.

사람의 만남도 이와 같으니 각자 다른 성격, 다른 체형, 다른 품위를 가졌거늘 천 년을 살아도 같아질 수는 없다. 숲처럼 각자 자기의 개성을 살려 서로 돋보이며 조화를 이루는 것이 좋은 만남이다.

윤리와 도덕과 본능 사이

사람으로서 마땅히 지키거나 행해야 할 도리와 규범이 윤리라면, 인간이 지켜야 할 바람직한 행동 규범이 도덕이라면, 인간은 처음부터 잘못 만들어진 존재일까. 윤리와 도덕이 사람의 본능을 옥죄고 있는 것일까.

끊임없이 솟구치는 욕망과, 잠재울 수 없는 탐미의 꿀통에 빠져 허우적대는 이 본능. 나는 자주 윤리와 도덕과 본능 사이에서, 조금 더 본능 쪽으로 기운 내 모습을 바라보며 쓴웃음을 짓곤 하네.

진달래, 그 그리움

온종일
산속을 헤매고 왔건만
눈을 감아도
그 지독한 그리움은 끝이 없고
토해낼 듯 솟구치는 갈망은
가슴을 태우네

갈참나무 뒤에서
바위틈 사이에서
여릿여릿 유혹하던
네 분홍빛
몸
짓

생강나무꽃

삼월 초순
꽃샘바람 매서운 산비탈
생강나무꽃이
노랗게 피었습니다

눈부시게 샛노란 꽃무리
마른 가지 어디에서
저렇듯 진한 황금빛 꽃등을
수놓았을까

궁금한 마음으로 다가가
꽃잎에 가만히
코를 대어보니
정말 생강냄새가 납니다

겨울이면 고뿔에 좋다며
어머님이 끓여주시던
그 생강차 냄새가
그리움의 향으로 다가옵니다

3월에는

생명이 움트는 소릴 들어보라
빛바랜 풀 섶에서
마른 나뭇가지에서
꿈틀거리고 올라오는 파릇한 새순
사랑스럽지 아니한가

씨앗은 이렇게
삼월이 온 것을 스스로 알아
소리 없이 한해살이를 준비하는데

봄이 오는지
계절이 오가는지
그저 덤덤한 무딘 가슴이 있다면
그 메마른 가슴을 숲속으로 가져가
마른 풀 섶에 던져 볼 일이다

오현주

· 월간 《문학공간》 신인문학상수상 시부문 등단
· 시와글벗문학회 동인
· 저서로 시와글벗 동인지 제1집 『그대라는 이름 하나』, 제2집 『문장 한 줄이 밤새 사랑을 한다』, 제3집 『말의 향기』 공저가 있음

유리창·2

움직임 없이 견고하게
흐르고 흐르는 물
순결한 아침의 살갗처럼
투명한 물
약속이란 것이 깨질 수 있듯이
위태롭게 서 있는 물
손바닥이 전해준 기억
마지막 숨결처럼 흡수하는 물
밤비가 그렁그렁 차오르면
침몰되는 깊은 물
규칙도 없이 휘감기는 이름들
고요하게 삼키는 물
내가 신기루처럼 피어오르다가
끝내 식물인간 되어
손끝 하나 까딱할 수 없었을 때
외면과 내면의 틈 사이로
흐르고 흐르는 물

토르소

오른팔이 바닥에 떨어졌어
불온한 영혼의 피가 뿜어져 나와
왼쪽 팔이 허공에 던져졌어
하나를 잃고 다른 하나를 잃는다는 것
완벽을 위한 아름다운 아픔인 거야

얼굴이 없어도 평온한 미소
왜 아파하지 않는 거야?

피 냄새 맡으며 일그러진 눈언저리 비비는 나는
잠 못 이루고 있어

절제, 피의 절제

고통의 근원지 매끈하게 봉합했을 예술가 의식
음부와 허벅지에 흐르고 있어
거기에 따뜻한 피가 흐르고 있어

야릇한 몽상이야

팔이 없다는 것은, 팔이 없어 아름답다는 것은
팔이 있어야
밥을 먹지, 글을 쓰지, 사랑하는 사람을 안아주지
얼굴이 없다는 것은, 얼굴이 없어 아름답다는 것은
더 이상 미녀를 창조할 수 없어,
밤새 미치도록 흘리는 몽정이야

절제, 피의 절제

난 팔이 있잖아, 얼굴이 있잖아
계속 뜨거운 피를 흘리고 있어야 해.

젊은 자의 이름으로

이미 늙어 죽은 자를 애도하는
앳된 하루

늙어 죽어간다는 것이 얼마나 가혹한 일인가

바삭거리는 과자 조각을 입에 물고도
헛배가 불러
탕탕 노래 부르던 젊음

약탈당한 휑한 눈빛이 세상을 바라보며
늙어 죽어간다는 것을 알았을 때

처녀들의 흰 다리를 질투하며
무릎 아래로 덮은 치맛단, 푸르게 물들이는
늙을 수 없는 나

여전히 풀지 못한 암호명 '호텔 캘리포니아'
젊다는 것은 비밀스럽게 사막에 묻히고 말았다

아직 나에게 몹쓸 갈망이 의문으로 꿈틀거릴 때

야생마의 길들일 수 없는 본능의 굽을 달고
푸른 피를 흘리는 풀숲 향해 내달릴 것이다

가라, 늙을 수 없는 자들이여!

비·9
- 우산을 펼치며

그 후로 비 그친 날들
사선으로 봉인되어 말라 죽어가는
별을 탕진한 시간

주검 맴도는 독수리 부리처럼 솟아오른
'?'

'강이나 바다로 돌려보내 줄래?'

결박당한 목줄 풀어내야지
움츠린 관절 벌어지는 - 통증이 지나고
촤르르 펼쳐지는 물갈퀴 - 빗물이 지나고

손바닥 높이 들어 찬양하리라
살아있음에 고통 받는 노예의 자유

비 내리는 거리
정수리 점령당한 낯선 사람들
물음표 움켜쥐고 하나둘 지나고

물갈퀴가 돋아나고 있는
그들의 아가미.

두루마리 화장지

촘촘 나선이 돌고
　　　　　　돌아가며 살찐 뽀얀 몸
삶의 잔재 속에서
　　　　　　구르면
　　　　　　구를수록 야위어가는 몸

두루 말은 근육막 끊어내면
나부끼는 흰 손

더는 야위어 갈 수 없기에
더는 바람도 굴러갈 수 없기에

둥근 가슴뼈가 드러나는 그때
생각하는 '마지막'

남겨진 앙상한 하루마저도
바람 속으로 굴러가야 한다고

그 누군가의 사나운 눈물마저도
온몸으로 닦아줘야 한다고.

그녀와의 대화

그녀의 감미롭게 떨리는 음성은
실핏줄마저 통과한
슬픈 눈을 지니고 있습니다.

그동안 눈물이란 것은
겨드랑이 깊숙이 흐르고 있었기에
숨바꼭질하는 계집아이처럼
저 스스로 술래가 되어
거친 담벼락에 작은 두 손으로
맑은 두 눈을 가리고
울먹이는 것에 익숙했을지도 모릅니다.

내 안에는 수천 개의 눈이 있습니다.
충혈 된 채
부릅뜬 눈
늘 무언가를 찾아 헤매는
반쯤 감긴 눈
나조차도 의식하지 못한 채
잠든 눈

그녀는 산등성이 홀로 닻을 드리우고 있습니다.
그녀의 감미로운 음성에 그만,
잠든 눈을 뜨고야 말았습니다.

그녀의 이내 잠들 수 없는 눈과
깊은 잠에서 깨어난 나의 눈은
죽는 날까지 마주보고 있어야 할 것 같습니다.

새벽을 지나며

앞집 유리창 불이 꺼져있다
금황색 맥주 같은 불빛 콸콸 붓고
바라만 보아도 좋을 듯한데
홀연히 비워진
맥주잔에 서린 거품 같은 어둠은
그 집 등줄기를 기어내리고

어느 집 아기 칭얼거리는 울음소리가
짝짓기 하는 고양이 카랑카랑한 울음소리가
두 개의 공간 차지하고 나면
나의 공간은 라이터 부싯돌 딸깍 돌아가고
한 모금씩 뿌려지는 빛

반딧불 같은 담배 한 개비 뭉그러지기 전
담배연기 길게 늘어트리고 나는,
새벽하늘 향하여
반짝이는 고개 들어올린다.
웅크린 건물 머리로 스치는 빛
넓고 엷은 테두리가 밝게 떠오르고

사람들은 잠들어 있거나 깨어있거나

어느 새벽
취객은 다신 돌아오지 않을 것처럼
얄궂은 발걸음 이끌고
터널 같은 공간 속으로 떠나는 듯했다
문득 궁금해진다.
그의 비틀거리는 어둠이
새벽을 지나고 있는지.

열대야·1

흠뻑 달아오른 육신에 가열되는 여름밤
언제나 서툴러 흥분하고야 마는
엉기는 뜨거운 숨

유두를 간질이는 열대야의 발기
흘러내리는 어깨끈

헝클어진 갈색 머리카락은
밤새 쏟아지는 나이아가라 폭포

코코넛 열매껍질 벗겨지는 짜릿한 꿈
흰 속살 익어가는 여름밤

낮의 열기는 은밀한 밤을 벗기고
밤의 열정은 낮 전부를 벗기고야 마는
숨 막히는 누드 쇼.

우현자

·《청일문학》 신인문학상수상 시 등단
·현) 한국다선문인협회 사무국장, 시와글벗문학회 동인
·저서로 시와글벗문학회 동인지 제2집 『문장 한 줄이 밤새 사랑을 한다』, 제3집 『말의 향기』 공저가 있음

기억상실 증후군
그 여자가 우는 법
어느 여름 PM4시
홍등, 그 붉은 유혹
시詩같은 욕은 없을까
가면 놀이 중
낯선 여행
도시 속 날선 소음들

기억상실 증후군

겨우내 완성된 퍼즐을
하나씩 벗겨낸다
한 조각은 그대와 읽은 책 몇 페이지쯤에
또 한 조각은 나의 몸 어디쯤에
또 한 조각은 그날 어느 공간에
한 조각 한 조각 벗겨 낼 때마다 가벼워진다
그을린 자국 덧난 흔적
억지로 꿰매듯 맞춰진 조각들이 속살을 드러낸다
더 말하지 못한 슬픔 더 행위 하지 못한 몸짓
더 싸우지 못한 생의 넘쳐나는 고독들
선명한 경계의 선들 무뎌지고 끊어지고
다시 날개가 나온다

마지막 퍼즐을 떼어 내기도 전에
가벼워진 너무 가벼워진
휑하니 헐거워진 기억 한 조각은
어쩌면 '…' 이었는지도

그 여자가 우는 법

가구를 옮기다
넘어진 여자
노란불이 켜진다
날카로운 파열음
풍선에 바람 들듯
시퍼렇게 부푼 팔뚝
순간 터지는 울음
누군가 따귀라도 때린 것처럼
생이 아파오기 시작했다
엉엉 목청 높여 울던 울음
그 작은 몸 안에 언제인지 모를
서슬 퍼런 눈물이 고이고
푸른 멍 사이로
웬 낯선 여자 하나 떠오른다
가시 돋친 여자
빛을 잃은 눈
깨진 발톱 감싸 안고
여자는 잠수한다
여자도 모르는 여자의 시간

수면 위 떠올라 표류하는
살라 먹힌 푸르딩딩 부어오른 꿈들
여자 엄마 아내 다시 소녀 여자로
한때는 들꽃 같은 시를 쓰고
어느 땐 뜨거운 이상도 동경했을
멍든 가시 하나하나 빼내는 여자.

어느 여름 PM4시

제 생을 다한 무덤가
거죽 하나 사이로 그이도 눕고
겨운 햇빛에 축축 늘어진 나무 나무들
잎들 풀들 흙 시간
거기에 나도 누워

계속해서 건조한 바람이 불어
심장 한쪽 모래사막에 처박아놓고
서걱서걱 모래알 섞인 말들
그대 앞에 털어놓고 울고

매일 뛰쳐나오는 푸석거리는 활자, 착착 접혀져 있는 어제를 말한 신문, 잊지 않고 찾아대는 인사문자 떠도는 또 하나의 행성 SNS, 15도 각도로 돌아가는 선풍기, 덩그러니 걸려있는 원피스 자락 살랑거리고, 풀어 헤친 여자 젖무덤 사이로 뜨거운 입술 무형의 언어 새겨 넣는.

무엇이 빠진 걸까

좀 버려줄래?

나 좀 저 파도치는 푸른 바닷물 속에 던져줄래

그러면 일어날까 생에 대한 푸름

하루를 배우고 하루를 넘기 우고 또 보내는 하루

홍등, 그 붉은 유혹

파리한 낯빛의 사내
세상 끝 돌다 희귀한 연어처럼
옛 서정이 일고
어둠 속 진리 찾기 위해
손가락 끝 핏물 고인
이미 너덜너덜해진 옷깃
허무의 춤을 추며
땅을 딛지 못하고 서성인다
내려앉는 그늘진 어둠
당신 등이 말을 걸어오는
식어진 체온 위에 손을 댈 것인가
간혹, 수음하며 나락으로 떨어지는
텅 비워진 안식처
맞물리지 못하는 생의 두 바퀴
경계의 선에서 자주 넘어지고
길을 보여주지 않는 이정표
거짓의 산실 여지없이 드러낸다
겹쳐지지 않는 시선들
또 하염없이 흔들리고
낯선 바람결에 여전히 유혹하는.

시詩같은 욕은 없을까

시를 쓰던 그대
늘 쓰고자 하는 욕망

긴장에 긴장을 잉태하고
배고픈 위 속에 희망을 꾸역꾸역

입술 타고내리는 투명액체
종이 위에 채워진 만큼 생을 게워내고

어느 화가의 붉은 채색 위로
천연덕스럽게 분칠한 시인의 시간
살과 살 속 건조한 뼈를 박는다

예민하게 말하려는 것들

흔들리는 것에 대해
빛 들지 못한 언어에 대해
잊혀 진 통속적 사랑에 대해

시詩발, 결국은
지금 시답지 않은 것에 대해

가면놀이 중

얼굴에 얼굴을 쓰고
말을 건넨다. '사랑한다'
그 위에 바람이 인다

TV에 영원한 사랑을 위해
살인을 한 남자가 나온다
그 위에 잿빛 바람이 분다

몇 꺼풀 눌러앉은 표정 사이
잘 다려진 옷깃 속 주름진 틀
덕지덕지 달라붙어 미끈하게 채운 살갗

쏟아내는 화려한 웃음소리
늪에 수장된 말이 되지 못한 말들
너는 말하지만 음조音調가 없다

점점 두꺼워지는 생의 형상
너를 듣고 싶다 슬프면 울어야 되고
사는 것은 아픈 대로 우는 것이다

스산한 바람이 다시 분다
유통기한 저당 잡힌 안락한 생을 꿈꿨는지
나는 네가 보고 싶다 너의 눈 코 입, 그 사랑

낯선 여행
- 그대 언어를 찾아서

도시 안 내려앉은 불빛은
빛만 내는 게 아니다 말을 건네는 것이다

지상에 숨어든 빛들
신호를 보내는 것이다
Morse Code 공간, 점, 선, 숫자…

너는 나에게 나는 그에게
그는 우리에게 우리는 그들에게
영혼의 쉼 빈터 하나 건네받고 싶어
화석화된 행적 속 마른 손 내미는 것이다

꺼지지 않는 방 별개 진 눈 쉼 없이 흔적 찾고
새벽과 어둠이 공존하는 쫒고 사냥하는 전쟁터

어둠 사이로 무수히 떠다니는 짧은 기호들
잃어버린 우리네 들녘 찾아
어미의 젖가슴 품듯 안고 안기고 싶어지는

언제든 말을 걸고 싶었다
한 날을 잊은 그대, 눈 감지 못하는 너
풀어 낼 수 있을까 숨어든 발신부호

도시 속 날선 소음들

도마 위에 팔딱이는
작은 물고기 한 마리를 보았는가?

발가벗겨진 은빛 비늘 소금 눈물에 녹아지고
찢긴 아가미 따라 서서히 울리는 생의 장송곡
할딱이는 숨소리조차 날카롭게 도려내며
피 튀기는 도마 위……. 말, 말, 말들

좁은 공간 떠다니는 붉은 입술의 현란한 말솜씨
발 빠르게 돌아다니는 옷 벗긴 비밀들
활자를 먹어 치워버린 거인이 된 말

이해의 바다는 멀었다
욕망하는 인간은
사람을 꺼내고 해부하며 가르고 나서야 만족을 보는

서정抒情,
손편지 위에 번진 눈물은 별을 헤는 마음은
꽃의 떨림을 듣는 심장은 그대 침묵이 그리운
바다로 가자 그대, 흰 고래가 되고픈 너여

원미경

· 강원도 원주 출생
· 월간 《한맥문학》 신인문학상수상 시부문 등단
· 시와글벗문학회 동인, 창작공작소 동인, 텃밭문학회 동인, 파라문예 동인
· 활동 : 파라문예 10호 시 발표, 현대시선 감성테마여행 영상시 참여
· 저서 : 시와글벗 동인지 제2집 『문장 한 줄이 밤새 사랑을 한다』, 제3집 『말의 향기』 공저가 있음

봄의 길목에서

눈꽃 터널 지나온 듯
희부연 여명이 열리는 아침
봄은 오긴 오려나 보다
꽃샘바람 불어도
눈부신 햇살 한 줌에 열리는 가슴

한 해 또 견디며 산다는 것이
얼마나 큰 의미인지
원형의 물체가 하나씩 줄어도
내 안에 존재하는 한 올 희망도
힘이 될 수 있다는 것을

상큼한 꽃 향 풍기는
봄은 동면에서 깨어나 있는 인생이다
아침 창가에서
긴 머리 빗질하며 가슴 가득히
꿈과 사랑을 소망하겠지

기지개 켜는 봄날에는 그리하겠지

동백꽃

상고대
눈꽃이 녹아내릴 즈음
얼었던 계곡물이 졸졸졸 흐를 때면
봄을 간절히 기다리는
여인의 마음
동백꽃 피는 철이
겨울과 봄을 이어주듯

붉디붉은 꽃망울
잔설처럼 남아
숨 쉬는 꽃봉오리 피어 올릴 때면
삭풍은 사라지고
칼바람 부는 날에도
아름답게 피었다 일순간 지고 마는
핏빛의 유혹

한겨울
북풍한설 견디느라
모진 풍파 헤쳐 온 짧고도 긴 시간 속

애절한 아픔의 눈물도 많았으리
어쩌나, 봄날의 설렘 가득
두런두런 그리워지는 찻잔에 어리는 얼굴
꽃은 져도 향기를 남기듯이
나도 당신에게 나만의 향기를 남기고 싶네

바닷가에서

삶이 지치고 힘들 때
모든 시름 훌훌 털어버리고
일상의 평화로움이 가슴에 머물 수 있게
쉬고 싶은 곳 어디인가

발길 닿는 대로 떠난다면
썰물이 되었다 밀물이 되는
출렁이는 바다처럼
출렁이지 않는 마음 있을까만,

그대 닮은 바다였다면
푸른 물결 춤추는 그곳에서
무심코 쏟아내는 말들마저 햇살같이
온유해지겠지

하루라도 훌쩍 떠나
나를 찾아 떠나는 행복한 여정 길
그리움까지 출렁이는 바다
그대였으면

노을 속으로 물들다

노을이 되고픈 마음
왜일까 되새기니 일상의 권태였을까
돌고 돌아가는 삶의 한가운데
고개를 드는 느슨함 탓일까

있잖아, 겨울날에
태양 빛이 눈이 부시도록
포근할 때

시가 되고 음악이 되어
그리운 당신에게 마음 한 소절
편지로 띄우고
창가에 머무는 별이 되고 싶은 게야

오래도록 동행하며
발길 머물러지는 노을 속으로 물들다
두 손 잡고 함께 걷고 싶은 게야

천년 그리움의 사랑

가없이 주고만 싶은 마음
받지 않는 줄 알면서
사랑이라는 이름 더하고 곱해서
나누고 싶은 당신
그냥 이유 없이 좋은 사람이
그대라는 걸 아시나요

목소리 듣고 싶은 날에
듣지 못해 목마름이란 애타는 그리움
세월의 깊이만큼
더 깊어지는 사랑
언제 무덤덤해지려나요

메밀꽃의 꽃말처럼
어느덧
늘 그 자리에서 바라보고 지켜주는 사이
우린 그런 연인이 되었죠

천 년 그리움의 사랑

느낌 하나를 인연을 엮어가는
고운 시향으로 꽃피우는
삶의 한가운데

당신이 내 삶의 축복인 것처럼
마르지 않는 샘물처럼
살아가는 존재의 이유가 되는 것을
정녕 모르시나요

산다는 것은

하늘과 땅 사이에서
살아있다는 걸 느낄 때
단 하나도 소홀치 하지 말아야 하는
소중한 생명이다

산다는 건
견딜 수 있는 것이기도 하고
견뎌내야 하는 것이기도 하는
자신에게 주어진 멍에 같은 것

이런저런 일 겪다
언젠가는 좋은 날 있겠지
실 날 같은 희망은 있으니까

산다는 것은
시간 속에 모든 것이 존재하는 것
고행의 길 마저
겸허하게 받아들이도록
다스리는 마음이니까

사부곡

뜻하지 않은 곳에서
말씀 없이 돌아가셨어도
남기고 가신 귀하고 소중한 기억들은
살면서도 지울 수 없었지요

헤아릴 수 없는 이생에 못다 한 삶
풀어내지 못하신 채
그리움만 남겨두시고
그리움의 저편으로 떠나가신 당신

태산보다 높은 큰 은혜
흐르는 강물처럼 흘러만 가는
세월의 뒤안길에서
보고 싶어도 다시는 뵐 수 없어도

내 가슴의 큰 별이 되시어
지켜보시고 계시리니
지상에서 하늘까지
사랑에서 영혼으로 이어주시리라
믿고 있지요

오후의 단상

오후의 흐린 하늘
뭉게구름 사이로 내리쬐는 햇살 한 가닥
눈 시리도록 눈부시다

우리네 삶도
아이의 해맑은 웃음 같으면
얼마나 좋을까

생은 헤쳐 나가는 파노라마
자신의 의지와는 상관없이
어느 날 찾아와서는
몸속에 하나 되어 잠재해 있다

병명을 달고
가도 가도 끝이 없는 길에서
밝은 빛을 향해 나아가는 인내
이겨내야 하는 삶의 일부분
굳은 의지

한 줄기 빛, 소망하는 꿈
살아있음으로 누리는 행복이니까

PART 10

제 3 집 말의 향기

정상화

- 아호 : 봄결, 농부시인, 울산 울주 배내골 출신
- 《대한문학세계》 신인문학상수상 시부문 등단
- 시와글벗문학회 부회장, (사)창작문학예술인협회 정회원, 문학愛작가협회 정회원
- 저서로 시집 『스스로 피어짐이 아름다운 것을』과 시와글벗동인지 제1집 『그대라는 이름 하나』, 제2집 『문장 한 줄이 밤새 사랑을 한다』, 제3집 『말의 향기』가 있으며 문학愛 동인지 제5회 『문학愛 가을 향기 품다』, 문학愛 계절지 여름·가을·겨울호에 작품 발표, 2017년 명인명시 특선시인선 선정 및 2017년 한국문학베스트 작가상 수상

물꽃·2

풀꽃

시詩는 침묵으로 말해야지

상처도 삶이다

뒤땅

파도

커피보다 싸다

세 발로 선 어미 소

물꽃·2

욕심도 없다
자신의 무게 감당할 만큼만
꽃 피운다
한 줌 바람에 떨어져도 원망하거나
절망하지 않는다
피고 짐이 한순간 꿈일지라도
의연함으로 반짝인다
풀 위에
잔가지 위에
말라버린 강아지꽃 위에 대롱거리며
땅에 떨어져 흙발에 밟히지 않음에 감사한다
향기 없어도
깨끗함에 마음 더하라는
섹시함으로 향기를 유혹한다
햇볕에 알몸을 말리는
네 순수한 꿈 깨우지 못해
장화 발 멈추고 서 있다
바람아, 흔들지 마

풀꽃

논두렁 후미진 곳이면 어떠리
담벼락 성글은 구멍이면 어떠리
바람에 실려 앉은 곳이 내 집이니
쫓겨날 일 간섭 받을 일 없어라
봄이면 봄의 꽃이 되고
여름이면 여름의 꽃이 되고
가을이면 가을의 꽃이 되고
겨울이면 겨울의 꽃이 된다
불릴 이름 없어 뒤돌아볼 일 없고
보아 주는 이 없이 꾸밀 일 없어라
작은 사랑하나 꽃씨로 품어
마주 보며 도란도란 눈물겹게
다정히 살고 싶어라
밟으면 밟힐수록 들판을 점령하니 밟지 말라
애처롭게 쳐다보지 말라
아는 체 하지 말라
작은 모퉁이 바람이 실어다 준 대로
이름 없는 풀꽃으로 멋대로
살고 싶어라

그냥 그렇게
피었다
지고 싶어라

시詩는 침묵으로 말해야지

별처럼 쏟아진
시詩들이 나뒹굴고 있다
내 가슴도 낯선 어두운 구석에
숨을 몰아쉬고 있겠지
일만 편의 시를 필사하고
사물을 바라보아도 시간이 흐를수록 까맣다
덕지덕지 키운 감정의 흔적들이 슬프다
시를 읽고 있으면
마음이 편안하고 글 따라
웃고 웃으며
울림 있는 시를 쓰고 싶은데
시어를 비틀어 짜고
주워다 붙인 따라쟁이처럼
가슴을 빼어버리진 않았을까
읽힌 후 잊혀 버린 시의
슬픈 운명은 되진 말아야지
시는 그 사람이니까
보고도 다시
보고 싶은 사람으로 남아야지

상처도 삶이다

대왕암 지키는 소나무
칼로 후벼 팠는지 하얀 눈물
잘름거려 오랑해진 눈으로 바라본다
상처는 아픔이다
살아가면서 상처를 주기도 받기도 한다
사랑에 베여 가슴에 묻은 상처
낫으로 베 보이는 상처
말로 베 커가는 상처
누구나 상처를 안고 살아간다
상처가 있음으로
남의 상처를 보듬을 수 있기 때문이다
상처에 소금물 끼얹지 말라
그냥 따스한 눈길로 바라만 보자
상처도 삶인 까닭에
상처를 건드리면 덧나니까
나도 잘린 엄지의 상처로
겨울 아침이면 아린 아픔을
삼키며 왼손을 감싼다

뒤땅

개 짖는 소리에 놀라 돌아보니
똥개 한 마리 이빨을 드러내고
죽을 듯이 왕왕거린다
지나올 땐 뒷다리 들고 영역표시
하며 물끄러미 바라보더니
자기 집 백 미터 넘게 지난 지금
무슨 생각으로 대가리 쳐들고
저리도 발광하는지 궁금하다
되돌아가니 줄행랑치며 집에
들어가 끙끙거린다
용기 없는 놈
생각해가며 짖는 꼬락서니 하고는
감정이 있으면 가까이 있을 때
이빨을 드러내든지
영역 표시한다고 모두가
자기 땅인가
지키지도 못하면서
깨물 배짱도 없으면서
소리만 요란한 겁쟁이

너 때문에 개들 욕 먹이는 거야
개 같은 놈이라고

파도

태초의 순간부터
시작된 사랑
녹아내리지 않는
무쇠보다 단단한 피돌기
사그라질 찰나마저 주지 않고
변하지 않는 짠 가슴
화기를 누른 부드러운 촉수로
멍든 그리움의 신음으로
애무를 반복한다
사랑한다
사랑한다
으스러지도록 사랑한다
미쳐버리고 싶은 순간
거품을 빤짝이며
싱그러운 입술로 토해내는
그칠 줄 모르는
오르가슴이여!

커피보다 싸다

콤바인이 빙빙 돈다
어지럽다
현기증이 난다
벼들이 쏟아져도 슬프다
쌀 한 되 커피 한 잔보다 못하니
농비도 안 나온다
대책 없는 쌀 개방으로 똥값이 되어
버린 벼들
콤바인이 토해내니 서럽게 운다
국회의사당 모인 사람들은
빵만 먹고 살겠지
빙빙 돈다
어지럽다
현기증이 난다
그냥 불 질러 버릴까

세 발로 선 어미 소

어미로부터 배우지 못했고
사랑 없이 생겼고
생기니까 낳았고
낳아놓고는 어떻게 해야 할지 모른다

본능대로의 움직임
젖을 빠니 성가시다며 발길질
새끼 툭 나가떨어지고
살려는 본능으로 달려들기를
반복한다

앞발을 매달아
세 발로 송아지 젖을 빨리고
어미는 나부대고
그러는 동안 사랑이 만들어진다

기다리는 동안
에비가 자식을 때려 죽음으로
이르게 하는 서글픈 뉴스가
소 막사 라디오를 울리고 있다

최홍식

· 전북 장수 출생
· 계간 《서울문학》 신인문학상수상 시부문 등단
· 시와글벗문학회 동인, 백마문학회 동인(전주대학교)
· 저서로 시와글벗문학회 동인지 제3집 『말의 향기』 공저가 있음

그리움·1

스르륵 바람 불어
매화나무 가지 위에
눈꽃 흩날리는데

뉘 집 사립문 스쳐 가나
외로운 달밤

희미하게 흘러나오는
눈꽃 송이 머뭇거림인가

여인네 한숨 소리
하얀 달빛에
흰 눈 소복하고

총….
총….
찍혀 나간 발자국 하나
그대 그리움으로
덮인다

사랑했습니다

넓은 등에 업혀
새근새근 잠결에 들리는
귀에 익은 발걸음 소리
자장가 삼았던 날이 있었습니다

하얀 눈이 내리던 날이면
행여 발자국 찍혀 있으려나
기다림과 설렘의 날도 있었습니다

바람에 실려 온 세월의 간격에
애증의 시간은 차곡차곡 쌓여만 가고
당신의 마음 알듯 모를 듯

푸르던 잎 위에
꽃은 은은한 향기를 더하고
떨어진 꽃잎에 이슬이 맺혔습니다

하나둘씩 옛 추억 흔적만 남겨놓고
하얗게 피어나는 안개 속으로

멀어져 가버렸습니다

바람과 구름이 되어버린
그리운 당신을 추억 합니다

쓸쓸함에 대하여

이별의 쓸쓸함에
뒤척이는 낙엽은
파릇한 새싹이었지

기억나니
촉촉이 젖은
추억의 마지막 날을

희미한 달빛 아래
마주한 너의 눈빛이
그리움인 줄 알았다면

젖은 너의 눈동자가
기다림인 줄 알았다면

그날의 마지막 날이 이토록
쓸쓸하지는 않았을 텐데

벤치에 앉은 바람은

낙엽을 바라보며
세월을 생각했겠지

쓸쓸하게
멀어지는 가을은
퇴색한 바람의 흔적

가을이 오는 길목

불꽃같은 람바다의 리듬으로
산허리 휘어 감는 삼바의 율동은
경계에 선 여름을 노래한다

이별에 익숙지 못한 바람
람바다의 율동적인 운율을
못 잊은 초목들은 나풀거린다

손가락 사이 스치는 바람은
떠날 것을 예감한 것인가
격정의 황혼빛이 아쉬운데

예견된 이별 뜨거운 목덜미에
차갑게 느껴지는 산 그림자
붉게 물든 단풍은 손짓하고

고독을 입은 격정의 뒷모습에서
가을은 그렇게 오는 것인가

빛과 그림자

햇빛을 보면 부끄러워
너의 등 뒤로 숨는다

강력한 카리스마를
들이밀며 너에게로 다가와
나를 찾는 햇볕

과감히 나의 실체를
들어내는 순간, 이미
내가 아닌 너인 것을

너는 나의 보금자리
네가 없으면 나는
어떡하지

햇빛도 수줍긴 하나보다
널 통해 나의 존재를
확인하려 든다

유혹

연분홍 치맛자락
휘감고
봄바람에 눈짓하던
벚꽃도 지고

달빛에 은근히
하얀 손 내밀던
목련도 지고

붉게 찍어 바른
저 입술 좀 봐
누굴 유혹하려
함인가

자산홍, 영산홍
개꽃들이
입술을 씰룩이며
덩달아 분칠하기
시작하는 봄

환장할 봄날이다

첫눈

들려오는 듯
뒤돌아보면
바람에 몸을 맡긴
은빛 무리

가지가 흔들리듯
너스레 춤추는 고깔
하얗게 파장이 인다

희뿌연 밤하늘
달빛 벗 삼아
무수히 날아오르는
눈빛 미소

밤새 싸락싸락
첫눈 따라 들려오는
임의 발자국 소리

소파

한 발짝 들여놓는 순간
꼼짝없이 걸려든 덫이다

발버둥 치면 칠수록
거부할 수 없이 허물어져 가는 몸
겹겹이 일어나는 세포의 이기적 반란에
당당히 맞서고 싶었지만
어느 순간부터 거부할 수 없었다.

영혼은 이미 내 몸 밖에서
그녀의 매력적 유희에
몸서리치게 빠져들고 있었고
연하디연한 살빛
결코 외면할 수 없었다

하염없이 보내는 애절한 눈빛에
무너져 내린 마음
창밖엔 비가 내린다

내 방식의 그리움으로
그녀의 매끈한 피부에
입김을 불어 넣는다

시와글벗문학회 창작마당 우수작

가을바람 요동치는

억새 한 무리

저물어가는 노을 속

잔잔한 황금빛

황혼의 가을

노을빛 물드는 곳
황혼은 그렇게
아우성치며 저물어간다

한낮의 찌든 해는
가을의 따사로움 전하며
파란 하늘엔 수놓는 은빛 물결

가을바람 요동치는
억새 한 무리
저물어가는 노을 속
잔잔한 황금빛

이금자

시와글벗문학회 회원
의류봉재사 및 디자인 공부
순수창작회 동인지 참여

어머니의 가을

배고파 바라보는 열두 개 눈망울
버짐에 먹힌 얼굴 허연 꽃 피었다
봄나물 보리쌀 덜 채워진 허기
다그닥 밥그릇 긁는 소리
귓가 떠나지 않아
어서 익거라
누른 들녘 바라보고 섰다

벼룩도 도망가버린 살림
줄줄이 딸린 여섯 자식
많지 않은 나이에 허리 접힌 어머니 등
지난겨울 양식
고구마 서른 자루 얹혀있다

김새하(본명:김나영)
시와글벗문학회 회원
시요일 동인
요양병원 내 마트운영

파란 하늘 시큰해져
푸른 물 떨어뜨릴까 움켜쥔다

은행나무 누렇고 벼 고개 푹 숙인 날
아들 손자 경운기 뒤에 타고
타작하러 가는 길
인제서야 가을 국화 같은 미소
어머니 얼굴에 피어난다

어머니에게 가을은
자식 앞에
쌀밥 수북이 퍼 줄 수 있는 계절
흰색 가을이다

그리운 기억 가을 끝에서

하늘 바라보며
구름 벗 삼을 때
재두루미 깃털 날리듯

비가 오려는가
회색 구름 급히 달음질할 적
뭔가 떠나가지 않는 것

코스모스 피고 억새 날리며
담쟁이 볼 붉어진
고운 계절에도
단풍 대신 가슴 언저리 서성이던 것

김진희
시와글벗문학회 회원
노인요양시설 근무

해 떠오르던 하얀 낮
달 차오르던 까만 밤에도
한 발짝 옮겨가지 않고
배웅하다 잃음인가
마중하다 보냄일까
오늘은 외박이라도 할 태세

볼 수도 없고
잡히지도 않는
아득한 기억 끝
사무침만 애달픈 곳

소나무

푸른 잔디도 이제
갈잎 옷 갈아입고
즐거운 듯 미소 짓네

외로이 홀로 임을 기다리는데
바람만이 살며시 나를 안고

들녘 외로운 소나무
손을 잡고 춤을 추니

양판자 같은 청명 하늘
흰 구름만이
외로움 달래 주네

나영식
시와글벗문학회, 풍경문학, 예촌문학, 시마을 회원
풍경문학 시발표, 시화전 참여

가을걸기

나무를 세우고
가을을
걸어 두었다

하늘에 걸어보니
아름답더라

떨어진 나뭇잎은
그냥
그대로 두고

내 마음만
걸어 두었다

이장관

시와글벗문학회 회원, 장호원햇사레합창단 단장, 이야기활동전문가, 백봉서우회(사군자), 하남시한국화 회원

하루만이라도

가을에 물든 풍경 속 걸어가네

하루만이라도
그의 사람이고 싶네

그의 가슴 적시는
가을비 되어
하루만이라도

그의 곁 지키는
가을 하늘 되어
하루만이라도

윤혜영
시와글벗문학회 회원
성악강사

그의 손길 닿는
가을바람 되어
하루만이라도

그의 눈가에 맴도는 가을 풍경으로 남고 싶네

만남

가을과 풀잎이 만나면
햇살 냄새가 난다
풀잎에 앉아 햇살 목욕하고
맑은 설렘으로 마음에 안긴다

가을과 바람이 만나면
빨간 장미 향기가 난다
단풍잎 겹겹이 쌓이면
가을 결 고운 나이테로 채워진다

벌레처럼 가을을 갉아먹는 바람
뚱뚱한 배 안고 지나간 자리

이시연
시와글벗문학회 회원
시와글벗 제6회 시짓기콘테스트 우수작 선정

멍든 마음 숨기며 치장하는 나뭇잎
마음이 아팠던 이유가 이것이었구나

너와 내가 만나면
무엇이 될까?
마주 보며 반짝이는 별도 괜찮고
떨어져도 아름다운 꽃도 괜찮은데

마음의 장난

10월이면
내 마음은 장난을 친다

문득
우산 하나에 머리 두 개의
연인이 되기도 하고

문득
산책을 나와
시인이 되기도 하고

문득
뒹구는 낙엽에
마음이 설레기도 하고

이영숙
창원시 거주
학원 강사 겸 원장
시와글벗문학회 회원

문득
멋진 신사와
나란히 거닐고 싶고

문득
친구와 벤치에 앉아
커피 향을 느껴 보고픈

10월의 내 마음은
왜 장난을 찰까?

쑥부쟁이 피던 날

이른 봄 포기마다
그리움 포개 넣고
이불 덮어 재웠는데

너의 진자리는
이미 내 마음속
비밀 화원이 되었으니
여름 가고 가을 오길 마냥 기다렸다

하얀 너의 미소
떨리는 입맞춤 할 때
내 마음은 노란 나비
아름다운 날갯짓으로
뭉게구름 꼬리를 달았지

한명희
시와글벗문학회 회원
유화 수채화 파스텔화 활동, 교회 악기연주 활동

애잔한 그리움
하얀 치마 너울거리며
나의 뜨락에 피었던 너

그는 멀고 너는 가깝기에
너를 품어 안았나 보다

시와글벗문학회 동인지 제3집

말의 향기

초판 1쇄 인쇄 2017년 02월 13일
초판 1쇄 발행 2017년 02월 17일

지은이 김국래 · 김미라 · 김선순 · 김은순 · 박동주 · 선중관 · 오현주 · 우현자 · 원미경 · 정상화 · 최홍식
펴낸이 김양수
표지 본문 디자인 곽세진

펴낸곳 도서출판 맑은샘 **출판등록** 제2012-000035
주소 (우 10387) 경기도 고양시 일산서구 중앙로 1456(주엽동) 서현프라자 604호
대표전화 031.906.5006 **팩스** 031.906.5079
이메일 okbook1234@naver.com **홈페이지** www.booksam.co.kr

ISBN 979-11-5778-190-4 (03810)

*이 책의 국립중앙도서관 출판시도서목록은 서지정보유통지원시스템 홈페이지(http://seoji.nl.go.kr)와 국가자료공동목록시스템(http://www.nl.go.kr/kolisnet)에서 이용하실 수 있습니다.
(CIP제어번호 : CIP2017003936)